AF363648

22 MAI 1865

CATALOGUE

D'OBJETS D'ART

ET

DE CURIOSITÉ

Des XVᵉ, XVIᵉ, XVIIᵉ et XVIIIᵉ siècles

Marbres, Bronzes, Ivoires, Verreries, Fers, Manuscrits, Objets en argent, Bijoux, Matières précieuses, Miniatures, Émaux, **Faïences italienne et française,** Porcelaines de Chine et du Japon, Tapisseries, Meubles, Bois sculptés.

TABLEAUX ANCIENS

DONT LA VENTE AURA LIEU

HOTEL DROUOT, SALLE Nº I

Les Lundi 22 et Mardi 23 Mai 1865

A 1 HEURE 1/2 PRÉCISE.

Par le ministère de **Mᵉ ESCRIBE,** Commissaire-Priseur,
rue Saint-Honoré, 217,
Assisté de **M. DHIOS,** Expert, rue Le Peletier, 33,
Chez lesquels se délivre le présent Catalogue.

EXPOSITION PUBLIQUE

Le DIMANCHE 21 Mai 1865, de une heure à cinq heures.

PARIS

RENOU & MAULDE

IMPRIMEURS DE LA COMPAGNIE DES COMMISSAIRES-PRISEURS
rue de Rivoli, 144.

1865

EXEMPLAIRE DE H. STETTINER

D05417

CONDITIONS DE LA VENTE

Elle sera faite au comptant.

Les Acquéreurs paieront, en sus des adjudications, CINQ pour CENT applicables aux frais

OBJETS D'ART, CURIOSITÉS

MINIATURES, TABLEAUX

1 — Deux bustes d'empereurs romains en marbre du xvie siècle.

2 — Belle arquebuse du xvie siècle, bois richement incrusté d'ivoire.

3 — Une paire de chenets italiens en fer forgé, du xve siècle.

4 — Deux beaux vases en faïence de Venise.

5 — Couteau, cuiller et fourchette en argent, du xvie sièle.

6 — Salade du xve siècle.

7 — Bijou du xvie siècle, en or émaillé, enrichi de pierres fines.

8 — Cabinet italien en ébène et marqueterie d'ivoire.

9 — Missel du xive siècle, enrichi de quinze miniatures.

10 — Deux jolis bustes d'enfants en marbre. Travail italien du xvie siècle.

11 — Montre en argent repoussé avec émail. Époque Louis XIV.

12 — Très-beau tableau gothique, sur bois. École de Hemmelinck.

13 — Bas-relief en marbre blanc : la Sainte Vierge et l'Enfant Jésus. Travail italien du XVIᵉ siècle.

14 — Lampe vénitienne en cuivre repoussé et doré.

15 — Petit portrait sur cuivre, cadre en bois sculpté.

16 — Bas-relief en bois sculpté. Sujet mythologique.

17 — Jolie clef Louis XIV.

18 — Deux statuettes italiennes en bronze doré, du XVIᵉ siècle.

19 — Grande et belle figure de la Vierge avec l'Enfant Jésus. Terre cuite émaillée de Lucca della Robbia.

20 — Dague italienne du XVIᵉ siècle, manche en ivoire sculpté.

21 — Deux vases en faïence française.

22 — Une paire de boucles en grenat.

23 — Couteau et fourchette, manches en ivoire.

24 — Petit stylet italien, poignée en fer ciselé.

25 — Manuscrit avec vers français.

26 — Manuscrit du XVᵉ siècle, avec treize bordures et une quantité de lettres.

27 — Manuscrit gothique, très-riches d'ornements.

28 — Manuscrit avec vingt-trois miniatures, très-riche et beau de conservation,

29 — Manuscrit d'un petit format. très-fin et d'un beau caractère.

30 — Neptune et Galathée. Attribué à Nattier.

31 — Diane et Adonis. Pendant du précédent.

32 — Enfants jouant. École du Poussin.

33 — Id. Pendant.

34 — L'Adoration des Mages, de Lairesse.

35 — La Manne tombant du ciel. Pendant du précédent.

36 — Scène champêtre, par Elsheimer.

37 — Femme en costume de bal masqué. Attribué à Largillière.

38 — Portrait de Robert-Dudley Stuart, par Van der Hoelst.

39 — Adoration des Mages, par Longhi; cadre en bois sculpté.

40 — Beau paysage. Attribué à Swanewelt.

41 — Un Guerrier combattant, par Le Bassan.

42 — Pendant peint par le même.

43 — Les Quatre Saisons. Médaillons ovales peints par Sauvage.

44 — Sainte Famille, sur cuivre. École bolognaise.

45 — Mater Dolorosa, par Carlo Dolci.

46 — Portrait de l'empereur Mathieu. Attribué à Porbus.

47 — Portrait de Jean III Sobieski, roi de Pologne. École italienne.

48 — Intérieur de cabaret, par Hemskerk.

49 — Dito. Plus grand, par le même.

50 — Petite marine, par Stork.

51 — Petite Sainte Famille, par Elsheimer. Tableau très-fin sur cuivre.

52 — Portrait d'un électeur de Bavière.

53 — Portrait du roi Ferdinand d'Espagne.

54 — Femme avec chat et chien Attribué à Frago-
nard. Très-fin.

55 — Paysage dans le goût d'Hobbema.

56 — Miniature avec quatre figures. Jolie composition.

57 — Grisaille, vernis Martin : deux enfants.

58 — Stratonice. Composition de dix figures sur
ivoire.

59 — Alexandre le Grand faisant peindre le portrait
de sa maîtresse.

60 — Pygmalion. Pendant de la précédente.

61 — Une Chanteuse. Époque Louis XVI.

62 — Une Bergère. Finement peint.

63 — Portrait d'un homme tenant une fleur.

64 — Portrait du pape Léon X.

65 — Portrait de Stanislas Lesczinskiy, roi de Pologne.

66 — Une Bacchannte. Attribué à Valin.

67 — Portrait de Mme Leclerc, sœur de Napoléon Ier.

68 — La Fidélité et l'Amour.

69 — Miniature dans le goût de Berghem.

70 — Vénus et l'Amour. Grisaille peinte par Degaux.
(Signé.)

71 — Portrait d'homme. (Signé Mlle Castellan, 1784.)

72 — Buste de l'empereur Trajan, du xvie siècle.

73 — Un buste de l'empereur Domitien.

74 — Enfant avec blason. xvie siècle.

75 — Trépied en marbre blanc, finement sculpté.

76 — Fragment d'une statuette antique.

77 — Médaillon Louis XVI, en marqueterie avec bronzes dorés.

78 — Id. Plus simple.

79 — Coffret en laque. Epoque Louis XV.

80 — Boîte en vieux laque, avec deux comparti-ments.

81 — Petit cabinet italien en ébène gravé.

82 — Violon italien en écaille.

83 — Coffret italien en chêne, orné de plaques en argent gravé.

84 — Un beau cadre italien en bois sculpté et doré.

85 — Un   id.   plus petit.

86 — Un   id.   id.

87 — Un   id.   id.

88 — Cadre octogone en ébène guillochée.

89 — Verre à pied finement gravé.

90 — Verre plus grand.

91 — Gobelet, avec ville et armoiries.

92 — Vitraux : Paysages et portraits.

93 — Tasse en porcelaine tendre de Sèvres, décorée de fleurs.

94 — Une id. décorée de fleurs bleues.

95 — Tasse rehaussée d'or et couleur rose foncé.

96 -- Sucrier en porcelaine tendre de Sèvres, avec fleurs.

97 — Deux beaux cornets en porcelaine de Chine, montés en bronze doré.

98 — Sucrier avec fleurs en relief.

99 — Boîte à thé en porcelaine de Saxe.

100 — Pot au lait en porcelaine de Sèvres tendre.
(Fracturé.)

101 — Horloge de table à sonnerie, époque Louis XIII.

102 — Groupe en ivoire : la Vierge avec l'Enfant.

103 -- Plaque gothique très-riche de composition.

104 --- Petit diptyque très-fin.

105 — Plaque gothique d'un beau caractère.

106 — Une id. très-belle de dessin.

107 -- Corbeille en jade repercée à jour.

108 -- Tabatière avec fixé, attribué à Louterbourg.

109 — Une id. avec paysage par Breughel.
(Monture en or.)

110 — Poignard avec manche en ivoire.

111 -- Poignard persan en damas.

112 — Épée du XVIe siècle.

113 — Pommeau d'épée du XVIe siècle : Tête de nègre.

114 — Un id. incrusté d'argent.

115 --.Clef d'arquebuse.

116 — Pomme de canne Louis XVI.

117 — Drageoir en fer ciselé.

118 — Deux clefs gothiques.

119 -- Clef du XVIe siècle.

120 — Canon de fusil persan, avec incrustations d'or.

121 — Deux plaques de porcelaine avec peintures,
d'après Raphaël.

122 — Un lot de différents ouvrages.

123 — Un lot d'étuis en peau de chagrin.

124 — Un lot de minéraux.

125 — Un lot de différentes pierres : Cornalines,
agates, etc.

126 — Un lot de bronzes italiens : Bas-reliefs, etc.

127 — Deux statuettes de ligueurs, bronzes sur socles de marbre.

128 — Une paire de chenets gothiques.

129 — Pierre gravée en calcédoine saphirine.

130 — Montre Louis XIII.

131 — Plaque en vernis Martin : Groupe d'oiseaux.

132 — Cabinet italien, avec douze tiroirs.

133 — Canne avec pomme en fer damasquiné d'or, du temps de Louis XVI.

134 — Un lot de bronzes antiques.

135 — Portrait de la sœur de Louis XVI, peint à la gouache. (Très-rare.)

136 — Carte géographique de la Pologne. (Très-rare.)

137 — Meuble en bois sculpté, avec armoiries du XVIᵉ siècle.

138 — Deux pommes de rampe en bronze doré, du temps de Louis XIV.

139 — Une bouteille en verre de Venise.

140 — Plat en faïence d'Urbino.

141 — Petit buste de César en bronze doré.

142 — Une Lanterne ancienne en cuivre, garnie de feuilles en corne.

143 — Une Cuvette et pot en plaqué ancien, époque Louis XVI.

144 — Une Cuvette et son pot à eau en plaqué ancien, époque Louis XV.

145 — Une Niche en chêne sculpté à doubles colonnettes.

146 — Deux Médaillons en pierre dans leur cadre en cuivre : Socrate et Alcibiade.

147 — Une petite statuette en jade sculpté, représentant un guerrier; très-belle matière et travail très-fin.

148 — Un Breloquet et sa montre, époque Louis XIII, en argent ciselé et repercé, double sujet, la montre est ornée d'un émail formant cadran; travail italien, cachet et clé.

149 — Une Châtelaine, argent sculpté, anglaise.

150 — Un Bol chinois en porcelaine, jaune impérial, à sujets; personnages.

151 — Un Vase chinois à panse aplatie, en jade vert sculpté.

152 — Une miniature carrée; portrait du compositeur Paesillo.

153 — Une miniature ovale; portrait de Napoléon Ier.

154 — Une miniature ovale; portrait de Barbaroux.

155 — Une miniature ancienne, ronde; jeune fille en costume de religieuse.

156 — Un Émail ancien, rond, à double sujet mythologique; travail très-remarq., époque Louis XIV.

157 — Un Émail carré, villageois; travail allemand.

158 — Un Émail ovale: jeunes Nymphes.

159 — Une Mosaïque ronde; travail ancien: **Renard et Faisan**.

160 — Un Camée ancien; travail byzantin.

161 — Une coupe en nielle, Russe, pied en porphyre ancienne.

162 — Une Montre, époque Louis XVI, émail bleu, entourage en perles fines.

163 — Une Montre en or repoussé et ciselé, à double boîtier.

164 — Une Montre Louis XVI, émail bleu, étoile d'or,
entourage et ornements en jargons, à répétition.

165 — Une Montre.

166 — Deux Salières en argent ciselé, époque
Louis XVI.

167 — Deux Salières, argent repercé.

168 — Deux poignées d'épée en argent repoussé,
époque Louis XV, seront vendues séparément.

169 — Un Gobelet russe en argent niellé et doré.

170 — Quatre petits bustes anciens en bronze sculpté,
représentant quatre empereurs romains.

171 — Une Coupe moyenne, socle en rouge antique,
vasque en marbre noir.

172 — Une Coupe moyenne, socle en malaquite, vasque
en marbre blanc.

173 — Un Ivoire sculpté, Saint Chrysostôme.

174 — Une Boîte ronde en vernis Marin.

175 — Une Boîte écaille, sujet grisaille, bordure en
or.

176 — Une Boîte Saxe.

177 — Un Étui à cigares en argent niellé. Russe.

178 — Une Tabatière, argent niellé et doré, Russe.

179 — Une petite boîte longue en argent guilloché,
grains d'orge, dorée.

180 — Une Boîte écaille, montée en or avec sujet en
émail au milieu.

181 — Une jolie boîte carrée en jaspe héliotrope,
montée à cage en or gravée vieux Paris. (En
règle.)

182 — Une bague en or du XIVᵉ siècle, avec émeraude
et deux roses.

183 — Une grande bague camée jaspe à deux couches, tête de minerve, monture en or.

184 — Un gobelet en argent repoussé, à tête d'anges, du xvie siècle.

185 — Une lampe en argent repoussé du xviie siècle.

186 — Un cartel rond, en bronze ciselé, Louis XVI, ornements nœuds de ruban, très-bon mouvement à répétition.

187 — Une pendule cuivre ciselée à jour, du xvie siècle, forme ronde.

188 — Une écritoire en marqueterie cuivre et étain, époque Louis XIV.

189 — Deux cadres cuivre doré-émaillé du xvie siècle, vénitien.

190 — Un pétit flambeau vénitien, cuivre gravé, aux armes des Médicis.

191 — Une statuette bronze, florentin, du xvie siècle. (Bacchus jeune.)

192 — Deux bronzes sur socle marbre blanc (cheval et bœuf).

193 — Deux bustes bronze du xvie siécle (guerrier et poète).

194 — Une écuelle et son couvercle en métal de cloche, ornements très-fins du xvie siècle

195 — Une chimère, cassolette bronze chinois.

196 — Une dito, bronze, animal à trois pattes.

197 — Une biche bronze chinois.

198 — Une colonne en albâtre oriental avec chapiteau en bronze doré, surmontée d'une figure ivoire, le tireur d'épine.

199 Une écuelle en porcelaine de Chine. rouge et or,
intérieur vert.

200 — Une dague en fer ciselé, lame longue.

201 — Un couteau de chasse, manche agate, lame à
jour, monture en argent.

202 — Un cric malais avec virole en or.

203 — Une petite arbalete suisse du xviie siècle.

204 — Un petit pistolet à deux coups, époque
Louis XIV.

205 — Deux cadres, un oval bois sculpté, et un carré
bois noir.

206 — Un grand album chinois, composé de 58 dessins.

207 — Huit gravures anciennes.

208 — Deux tableaux faisant pendant, représentant
des combats ; attribués à Bourgignon.

209 — Un tableau, guerrier à cheval, attribué à Sal-
vator Rosa.

210 — Un pastel ovale (homme peintre), attribué à
Greuze.

211 — Un Grand Christ ivoire, attribué Duquesnay.

212 — Une Pendule porcelaine de Sèvres, acquise en
1823 par le roi Louis XVIII.

213 — Deux vases, albâtre et bronze doré, même
époque.

214 — Un Bénitier : Christ en corail ancien.

215 — Une Pendule plate, époque Louis XIII.

216 — Une Pendule, bronze doré, Louis XIV.

216 bis — Une Pendule Louis XV.

217 — Une Soupière, faïence de Nevers.

218 — Un Pot à eau et sa cuvette, porcelaine ancienne.

219 — Une Burette porcelaine de Berlin.
220 — Un éventail argent-filigrane.
221 — Un Id. ivoire.
222 — Un panier à anse, émail chinois.
223 — Une assiette, id.
224 — Trois pièces ivoires.
225 — Un Christ en buis avec reliques, très-ancien.
226 — Un tableau (l'Annonciation), figures or fin émaillés.
227 — Une Triptyque en cuivre, ancien.
228 — Quatre montres en cuivre emaillés.
229 — Un grand plat ovale, argent repoussé, très-ancien.
230 — Une plaque argent repoussé.
231 — Une tabatière écaille, miniature, portrait de femme.
232 — Deux émaux limoges, forme carré.
233 — Quatre émaux, petits sujets, empereurs romains.
234 — Une email ovale sans cadre.
235 — Id. id. avec cadre noir.
236 — Deux paires de fourchettes et couteaux, garniture en argent appliqué.
237 — Une grande boîte à thé, porcelaine chinoise.
238 — Huit boutons minéralogiques.
239 — Un beau coffre en bois et médaillons émaux anciens, garniture argent.
240 Un médaillon, pierre transparente, sujet empereur romain.
241 — Une portière ancienne, pluche de Gènes; fond rouge, personnages et ornements très-riches.

242 — Une portière, fabrique de Beauvais, fond blanc et grands bouquets de roses et pavots.

243 — Une tapisserie de Beauvais, représentant une marnie d'après Vernet.

244 — Une tappisserie d'Aubusson, fleurs et oiseaux dans un paysage.

245 — Une coffre à lingerie en cuir, garni de clous en cuivre, époque Louis XIII.

246 — Une glace en fer repoussé, bizeautée.

247 — Deux plaques carrées (paysages), ancienne faïence de Castelli.

248 — Deux plaques rondes (paysages), ancienne faïence de Castelli.

249 — Une plaque ronde (musiciens), ancienne faïence de Castelli.

250 — Une plaque ronde (madone), ancienne faïence de Castelli.

251 — Une plaque carrée (cavaliers), ancienne faïence de Castelli.

252 — Une plaque carrée (chiens couchés), ancienne faïence de Castelli.

253 — Uue plaque octogone (paysage), ancienne faïence de Castelli.

254 — Un grand plat, représentant une bataille, ancienne fabrique de Castelli.

255 — Une coupe encadrée, Judith, ancienne fabrique de Castelli.

256 — Un grand plat, sainte Flavie, ancienne fabrique d'Urbino.

257 — Deux petits cornets, ancienne fabrique d'Urbino, fond blanc.

258 — Deux petits cornets, ancienne fabrique de Faenza.

259 — Deux grands cornets, ancienne fabrique de Castel-Durante.

260 — Deux petits cornets, ancienne fabrique de Castel-Durante.

261 — Une grande plaque ronde, imitation de Castelli: Moïse.

262 — Une grande plaque ronde, imitation de Castelli: Triomphe de Bacchus.

263 — Une grande plaque ronde, imitation de Castelli: Triomphe de Galathée.

264 — Une grande plaque ronde, imitation de Castelli: Triomphe d'Apollon.

265 — Deux beaux vases à anses, serpent, richement décorés de sujets de bataille, imitation de Castelli.

266 — Grande suspension pour lampes en bronze, vernis.

266 *bis*. — Une plaque carrée, imitation de Castelli: Sacrifice d'Abraham.

267 — Un beau meuble chinois en bois de fer sculpté à jour. Travail anamite.

268 — Un autre meuble en bois de fer avec incrustation de nacre. Travail anamite.

269 — Un joli petit secrétaire, époque Louis XVI, en bois de citronnier, à baguettes et perles en cuivre, dessus en marbre blanc avec galerie en cuivre.

270 — Une commode Régence, en bois rose, ornée de bronzes.

271 — Un très-beau régulateur du temps de Louis XV, en marqueterie de bois quadrillée, orné de bronze, rocaille doré. Mouvement à quantième de Waroquier.

272 — Une pendule, époque Louis XIV, en marqueterie de cuivre et écaille, ornée de bronze doré.

273 — Deux petites armoires bibliothèques anciennes, en bois rose.

274 — Un joli cartel du temps de Louis XVI, en bronze, finement ciselé et doré.

275 — Une paire de flambeaux Louis XVI, en bronze doré.

276 — Une paire de flambeaux Louis XVI, en cuivre argenté.

277 — Une parure, composée d'un collier, de deux bracelets et de deux boucles d'oreilles, en filigrane d'or.

278 — Une montre de voiture, en argent, de Robin, horloger du roi.

279 — Garnitures des boutons d'habit, en acier, du temps de Louis XVI.

280 — Une tasse carrée et sa soucoupe, en porcelaine de Sèvres, pâte tendre, décor à bouquets de de roses.

281 — Une pièce d'étoffe chinoise, satin blanc, brodée de fleurs d'argent. Environ 15 mètres.

282 — Une pièce de satin blanc, brodée de fleurs en soie de couleurs variées. Environ 15 mètres.

283 — Deux jolis vases, en faïence ancienne de Lunéville, jolie forme rocaille, finement décorés de guirlandes de fleurs.

284 — Une statue en marbre blanc : Jeune femme sortant du bain, hauteur, 1/2 nature.

285 — Buste de Napoléon Ier, en marbre blanc.

286 — Une boîte à mouches, en émail de Saxe, décorée de sujets dans le goût de Watteau, monture en or.

287 — Une console dorée, époque Louis XV.

288 — Un miroir ovale en porcelaine de Saxe.

289 — Une glace avec encadrement à biseau.

290 — Deux candélabres, bronze, trois lumières.

291 — Ancienne tapisserie, bordures à fruits.

292 — Un tapis brodé or et argent.

293 — Une boîte en cuivre gravée; travail persan.

294 — Un très-beau paravent, à six feuilles, en laque du Coromandel, orné de figures, fleurs et oiseaux.

295 — Deux jolies vases à fleurs, ancienne faïence de Kronenberg.

296 — Deux sucriers avec plateaux en vieux Chine, décors à mandarin.

297 — Une boussole chinoise.

298 — Six plaques, ancienne faïence française, décors à personnages et paysages.

299 — Un porte-lettres brodé en or; travail oriental.

300 — Un canne en ivoire.

301 — Quelques pièces en faïence de Rouen, Nevers et autres, seront vendues sous ce numéro.

Renou et Maulde, Imprimeurs de la Compagnie des Commissaires-Priseurs, rue de Rivoli, 144.   42095

www.ingramcontent.com/pod-product-compliance
Lightning Source LLC
LaVergne TN
LVHW011454170726
843501LV00009B/3412